OTOGIBANASHI
HIROBA

# OTOGIBANASHI



## OTOGIBANASHI（CD）

# 序文

物語とはなにか。
歌とはなにか。言葉とはなにか。

わかりあえない、僕と、あなたと、誰か。
孤独であるという、一粒のしるしを手にしている。
それだけで、僕と、あなたと、誰かとは
〝われわれ〟となる。

縦につながる糸には限りがある。
生まれてから死ぬまで、
永遠から切り出されたわずかな時間しか、
われわれには与えられない。
横につながる糸にも限りがある。
いくら手足を伸ばそうとも、この肌を境として、
世界とわれわれの命とは隔てられている。

縦の糸も、横の糸も、どこにもつながれていない。
母から産み落とされ、臍の緒が切れたときから、
ずっと途切れたままの端を揺らしつづけ、
われわれは生きて、死んでいく。

だから、われわれは〝場〟を欲した。
欲せざるをえなかった。
引き寄せられるように、集まり、
つながることのない糸を、絡ませ、編み込んだ。
家族。恋人。友。仲間。敵。村。国。
咆哮、唄、言語、宗教、倫理、掟、法。
名前など、どうでもいい。
つながっていると思わせてくれる〝場〟を、
そのときどきの〝われわれ〟は、こしらえては、眺めた。

ずっと昔から。きっと今も。
いくつもの糸が生まれ、
そのうちにほどけて、消えていった。
かつての〝われわれ〟だった
父も、母も、祖父も、祖母も、

そのまた先のひとびとも。絡まれて、編まれて、
次の〝われわれ〟を残して、いなくなった

その一連のうごめきのすべてを
どこか遠くから眺めたのなら
それはまるで〝永遠〟とうりふたつだと
そのひとは言うだろう
そう、それは、とてもおおきな、物語だ

われわれが、物語を、歌を、言葉を
〝つくって〟いるのではないのかもしれない
われわれ、そのものが、物語に、歌に、言葉に、
〝なって〟いるのかもしれない

人間は孤独だから
ほんとうに、ほんとうに、孤独だから
物語に〝なら〟なければ、
世界と絡みあうことができない
歌や言葉に〝なら〟なければ、
誰かと編みあうことができない

はたしておかしなことに
われわれは、自分というもっとも近しい〝他者〟とも
物語や歌や言葉に〝なる〟ことでしか、むきあえない
やがて無のなかに溶けて、別れると知っているから
われわれは、自分を語り、歌い、伝える

僕は、それを「人間らしい」と、思う

いくつも生まれてきた〝場〟のひとつを
いま、ここに、ひろげたい

わかりあえない、僕と、あなたと、誰か。
孤独であるという、一粒のしるしを手にしている。
そんな〝われわれ〟が、
物語に、歌に、言葉になる〝場〟を
いま、ここに、ひろげたい

HIROBA　水野良樹

Maru
Ayase

# 光る野原

彩瀬まる

光る野原に　行きたくて
地の底にすむ　君を連れ出した
雨の日曜　スーパーの帰り
いつでも指を　絡めていたね

星はひとつも見えないけれど
愛があるから　きっと届くよ

私の魔物　出てこないで
間違いだって言わないで
あんなにすばらしい日々も
まばたきする間に　消えてしまった

光る野原は　まだ遠い
山河《さんが》を越えて　花を蹴散らした
だんだん君の足がもつれだす
強く手を引く　前だけを見て

こんな風だった　私はいつも
愛してるのに　ふりむけない

私の魔物　出てこないで
もうやめようって言わないで
こんなにすばらしい君を
捨てて逃げたい　一瞬がある

私の魔物　いつもこわい
愛をとどめて　おけないの
こんなにすばらしい君の
触り方すら　分からなくなった

暗い野原に　響く声
星がふるよな　笑い声君の
楽しいね　二人はどこまで行けるのかな

私の魔物　もういいんだ
ここで私たち　光るんだ
ずっと遊んでいればよかった
夜が明けても　こわくないから
ずっと遊び続けよう　ああ
光る野原を　君にあげたい

OTOGIBANASHI 01 ｜ 光る野原　5分51秒

唄：伊藤沙莉

作曲：水野良樹
Sound Produce & Arrange by 横山裕章 (agehasprings)

Drums 堀正輝
E.Bass 須藤優 (XIIX)
Strings 美央ストリングス
Acoustic Piano & All Other Instruments 横山裕章 (agehasprings)
Recorded & Mixed by 森真樹 (agehasprings) at ONKIO HAUS, prime sound studio form
Vocal Recorded by 熊谷邑太 at Studio MOGO

須藤優 by the courtesy of TOY'S FACTORY INC.

# みちくさ

彩瀬まる

むかし、ずいぶんむかしに好きだった相手が、近くで死んだようなので、見に行った。その相手は電柱に背中を預け、だらしなく崩れた姿勢で座っていた。投げ出された二本の足の、足首より先の部分が地面と溶け合い癒着《ゆちゃく》していて、あまり良くない感じだった。

ひさしぶり、と声をかける。不思議そうにこちらを見上げた目とまなざしが重なった瞬間、私の内側に柔らかい光がちらつき、ああやっぱりそうだと確信した。相手もなにかしら感じるものがあったのだろう。緩慢《かんまん》なまばたきをして、口を開いた。

「どこかで会ったことがある」

「そうだよ」

「なにをしに来たの」

「君が死んだようだから様子を見に来た」

「君もそうなのか」

「うん、少し前に病気で。けっこう近くに住んでいたんだよ。生きているあいだに会いたかったな」

「僕は事故で」

「そうだろうね。辛《つら》そうだ」

よほど不本意な死に方だったのだろう。足が地面にとらわれているだけでなく、全身が歪《ゆが》み、黒ずんでいる。

「一緒に行こう。助けが要るなら、手を引くよ」

相手は顔をしかめて首を振った。そのまま頭を重たげに垂らす。

「行かないの？」

「また生まれるのに疲れた」

「そこにいたら苦しいよ」

「生まれたって苦しい。いやなことをたくさんされて、いやなことをたくさんした」

「苦しくないときもあるじゃないか」

「それは本当に短い時間だけだ」

「私といた時間は苦しかった？」

顔をのぞく。相手はぼんやりと私の目を見返した。

「もうあんまり覚えていない。でも、君を見て少しいい気分になったから、きっといい時間だったんだろうな」

「行こうよ」

相手はうなだれている。私は冷えてこわばった手を取った。

「行こう」

もう一度言って、力を込めてひっぱる。深く根を張った木のように、相手の体は動かない。

「生まれたくない」

「じゃあ生まれなくていいよ。ひさしぶりに会ったのに、ここにいたってつまらないよ。消えるとしても、道草しよう」

「道草」

呟《つぶや》いて、相手は少し笑った。

「そうだった、君はそういう性分だった。思い出した。つかみどころがなくて、変なことばかり考えているんだ。いつも安っぽいメロンの飴《あめ》を舐《な》めていて、息からその匂《にお》いがした」

声に明るさが宿り、ぐぐっと相手の体が揺れた。私は嬉《うれ》しくなって笑う。

「君はあいかわらず、物事を深刻にとらえすぎる。最後に会ったときはヘビースモーカーだった」

「それも変えられない僕の性分だ」

「道草しよう、道草。私は気が済んだら向こうに行くから。君も、消えるにしても、もう少し景色のいい場所で消えなよ」

「景色のいい場所ねえ」

相手が私の手を握り返した。途端にみずみずしい植物の香りを思い出した。きっといつだったか、目の前の相手と手をつないで、草木の豊かな場所を歩いた日があったのだ。雨も降っていたかもしれない。

二つの力が嚙《か》み合い、重い体が動き出す。地面に埋まっていた両足を根菜のように引き抜き、相手は雑な仕草《しぐさ》でかかとを揺らした。

「なんとなくだけど、植物の多い方向に行きたいな」

かつて一緒に歩いたような感じのいい場所に連れて行ったら、消えるのを思い直してくれるんじゃないか。そんな期待と共に提案する。

どこでもいいよ、と相手は気の抜けた調子で頷《うなず》いた。

肉体を持っていたときよりもずっと足が軽い。疲れずに長い距離を歩くことができる。つがいだったことがあっただろうか、と私は聞いた。

相手はあいまいに首を傾《かし》げた。

「覚えていない。けど、けっこう長い距離を一緒に歩いた気がする」

「私もそう思う。草木の多い場所だけでなく、光がとろっとした水辺も、花畑も歩いた」

「何回か会ってるのかもしれないな。親子だったり、友人だったり」

「長く恋をしていたこともあった」

「そんなことあった？」

「私が君に恋をしていたときはあったよ。そのときに人だったか、獣だったか、ぜんぜん違うものだったか、思い出せないけど。見とれた感覚が残っている。あれは素敵な時間だった」

「そうか、ありがとう」

「とんでもない」

君の、いつもたくさんのことを考えていて、周囲の音と光をすうっと内部に引き込むような静かな在り方が、なんど会っても好きだ。

生きているあいだに言えないことは、死んだあとにだって言えない。

小さな丸い葉が幾《いく》つも重なり、こんもりと茂った丘に着いた。其処此処《そここここ》で真珠のような朝露がきらめいている。振り返れど、相手は特になにかを感じた様子もなく、水のような淡いまなざしを周囲に振りまいている。

「ここじゃないな。行こう」

私は早口で言って、手を握り直した。

光をざあと流したような秋の湖も、花の坩堝《るつぼ》みたいな春の山も訪ねたけれど、相手の反応は芳《かんば》しくなかった。どれだけ美しい景色を目にしても、それを自分のものとして受け止められないような感覚の鈍《にぶ》さが相手のそぶりからうかがえた。そしてそれも無理のないことだ、と私自身も思っていた。すでに私たちは肉体を失い、この世は薄い膜を挟んだように遠い。色も香りも手触りも、たしかこんな風だったなあ、と思い出した端《はし》からぼやけていく。新しく刻まれることがない。

朝と夜が繰り返される。あてもなく背後の相手の手を引き続ける。

だんだん私は疲れてきた。私も不安定で、あいまいな状態だ。さまよい続ければ、考えない方がいいことも考えてしまう。生きていたあいだの苦痛だとか、叶《かな》う間際で断たれた願いだとか。

恋人として会ったときはうまくいかない二人だった、と薄墨色《うすずみ》の砂浜を歩きながら思い出した。

そうだ、長く一緒にいて、でも最期まで一緒に、とはいかなかった。

なら、私がこの相手にこだわるのは、未練だとか後悔だとか、いつかやり直しがしたいだとか、そういうたぐいの執着なのだろうか。

いつしか私の体も黒ずんできた。足が重く、地面から引き上げるのに気力が要る。

「ここはどうだろう」

赤紫色の鮮やかで獰猛《どうもう》な日暮れが海を染めている。気がつけば二人とも、ぼろぼろの影のかたまりになっていた。

「どうもなにも。君が気に入ったなら、いいんじゃないか」

「君にとっては、いい景色ではない？」

相手はゆっくりと私を見た。

「道草だろう？」

「そうだね、道草だ」

「僕にとって最悪な日も、景色はいつも通りきれいだったよ」

「ああ……そうだ、私も、そういうものだってわかっていたはずなのに」

疲れを自覚し、体がいっそう黒くよどんだ。私の足も、気がつけば砂浜に沈んでいる。それ以上まともな姿勢を保《たも》てなくなり、私はその場に崩れた。

「君まで埋まらなくたっていいのに」

相手は怪訝《けげん》そうに言って、そばに座った。

「持ち直したら、もう構わず行ってくれよ。そんな風にしたかったわけじゃない」

「うん、そうだね。それしかないんだろう、実際」

冷えた砂を掻《か》いて顔を動かす。あたりが暗い。夕暮れが終わり、また夜が始まろうとしていた。

「きっとむかしも、こうだったんだ。君は真面目すぎる言葉足らずで、私は見栄《みえ》っ張《ぱ》りでいいかげんで、最後には二人とも疲れて、うまくいかなかった」

「そうかもなあ」

「道草につき合ってくれてありがとう」

「いや、こちらこそ」

「もう一度、二人で、いい気分で、きれいな場所を歩きたかった。でもやっぱりそういうことは、生きていないとむずかしいね」

相手は手を伸ばして私の腹部のあたりを撫《な》でてくれた。あまり感覚はないけれど、触れてもらえるのは嬉しい。

「君にずっといい気分でいてほしかった。私の知らない場所で、ひどい傷を負ってほしくなかった。傷を負ったなら、そばで体をさすりたかった」

「もういいから」

「生きていたって、私はうまくできなかったかもしれない。でも、今でもそう思っている」

「ん?」

相手が、私の体に当てていた手を離した。てのひらを覗《のぞ》き込んでいる。なんだろう。伸び上がって、私もそれを見た。丸くひらべったい、緑色の透明な物体がのっていた。それを鼻先に近づけ、相手は眉《まゆ》をひそめる。

「メロンの匂いがする」

「飴なんかなんで出るの」

「さあ。むかし、君からもらったのかな」

相手はそれを口へ放り込んだ。頬《ほお》をふくらませ、口の中で転がしている。

「どうせなら煙草《たばこ》が欲しかったなあ」

「私が君にあげられるものなんてメロンの飴だけだよ。甘い?」

「甘い。顎《あご》が痛くなりそうだ」

「そうか、良かった」

「もう行ってくれよ」

「うん」

できることとできないことの境目がわかって、執着がほどけたのだろう。飴と一緒に、思いのすべてが体から抜けたような爽《さわ》やかさがあった。砂浜に手をついて体を起こす。砂から引き抜いた足も、問題なく動いた。

あたりは真《ま》っ暗闇《くらやみ》で、潮騒《しおさい》が深い。だけど行くべき方向はわかった。最後に振り向き、じゃあ、と手を振る。

「舐め終わったら行くよ」

波音の合間にかすかに返った。聞きまちがいかもしれない。

# 南極に咲く花へ

宮内悠介

君を訪ねるには飛行機でざっと50万
それに目的だってちゃんと書類に書かなくちゃ
あるだろう？　いろいろ手続きってやつが
わかってる　ぼくは一人でいるのが好きなんだ

そうさ　君の瞳があると、ぼくは濁った川、刈られた木々を忘れてしまうんだ

砂漠のアラベスクから　南極に咲く花へ

海は荒れているかい？
雲は変わらず落ちそうなほど低いままかい？
大切な人の名前を忘れてないかい？
寂しさのあまり暁光《ぎょうこう》を呪ってはいないかい？
大丈夫、それは君のせいじゃない
君がやるべきことは、花を咲かせることなんだから
君を訪ねるにはさらに船を乗りついで
わかってる　僕ら別の道に向かってる

たぶん　君の寝顔があると、ぼくはこの火薬をもう腹にはきっと巻けなくなるんだ

砂漠のアラベスクから　南極に咲く花へ

虚空に葉を広げ　氷に根を張って
御使《みつかい》のダブルタンギングに耳澄ませれば
不毛の土地を君は笑えるだろう？
ペンギンたちを振り向かせるだろう？
たとえ、心ない観光客に摘まれてしまうことがあってもさ

砂漠のアラベスクから　南極に咲く花へ

海は荒れているかい？
雲は変わらず落ちそうなほど低いままかい？
大切な人の名前を忘れてないかい？
寂しさのあまり暁光を呪ってはいないかい？
大丈夫、それは君のせいじゃない
君がやるべきことは、花を咲かせることなんだから

OTOGIBANASHI 02 ｜ 南極に咲く花へ　5分06秒

唄：坂本真綾

作曲：水野良樹
Sound Produce & Arrange by 江口亮

Drums 城戸紘志　E.Bass 御供信弘　Keyboards 平畑徹也
All Other Instruments 江口亮
Recorded & Mixed by 高須寛光 at MIT STUDIO, VICTOR STUDIO

# 南極に咲く花へ

宮内悠介

あれはいつだったかな。

このこと、きみに話したことあったっけ。

二〇〇三年のいまごろ、ぼくは涸《か》れ川にかかった長い錆《さ》びた橋を越えて、陸づたいに、インドからネパールの東側に入ったんだ。足で国境を越える瞬間の、不安だけど、でもわくわくする感じが、癖《くせ》になりつつあったころのこと。

国境を越えてからは、すぐ山へ入った。あの国の山村は、尾根に作られることが多い。だから、街の中央通りを雲が流れたりもする。そういう尾根の村々をめぐって、一週間くらいして、首都のカトマンズに入った。

ちょっと疲れてたから、熱いシャワーの出る宿を取って、それから美味《おい》しいと評判の日本料理屋でカツ丼を食べた。料理の味よりも、そこかしこから日本語が聞こえてくるのが、なんだか幻聴めいててふわふわと不思議だった。古いブラウン管のテレビが、ＮＨＫ

のニュースを流してた。その店で、ロシアの大学で教えてるっていう風変わりな日本人の学者さんと会った。日本語に飢えてたから、いろんな話をした。そのなかで、いまもはっきり憶《おぼ》えてる話がある。

南極に、花が咲くスポットがあるっていうんだ。

びっくりしたよ。

そもそも南極に行けるなんて発想がなかったし、まして花が咲くなんて思いもしなかった。だから、いろんなことを訊《き》いた。その人によると、南米でうまいこと南極行きの安い船を見つけて、運がよければ、花の咲く場所に降ろしてもらえるってことだった。あとはそう、学術目的ということにして、レポートか何かをでっち上げる必要があるとか。でもいまはクルーズ船とかがいっぱいあるから、たぶん、そんな手間はいらないんだろうね。

それから、折に触れて南極の花の話を思い出すようになった。

こんなふうにも思った。ぼくはもしかしたら、旅をしながら生きるその最後に、南極の花を目にするんじゃないかってね。

旅から一番遠いところにいたのは、そのわずか数年後のことだ。ぼくは巷《ちまた》のソフトハウスに就職して、その後に別の会社の立ち上げにかかわった。これはまあ、そばにいたきみがよく知ってるか。飄々《ひょうひょう》と生きてきたつもりが、そうならなくなってきたころだ。

思うに、ものを作ったり書いたりしようって人間は、会社の立ち上げとかにかかわっては いけなかったんだ。責任のありようとか、そういうやつがちょっとだけ変わってくる。もっと言うと、会社を育てるってのは、やりがいがありすぎるんだ。

まもなくして、二十四時くらいに帰るのが当たり前になった。ものを書くために、組織ってやつを知っておこうとして、まんまと組織に取りこまれたってわけだ。

そう。そのころぼくは小説を通して世に出たいと願っていた。というより、すでに自分は作家だと疑問なく思っていた。なのにそれが、そう思えなくなってきていた。昼休みに喫茶店でノートに小説を書いたとか、いまはインタビューで話したりしてるけど、あの時期、あの季節、ぼくが実のところ一行も書けていなかったのは、きみもよく知る通り。

なんだか比例するみたいに、きみも書かなくなっていった。

そんなきみに、一行も書いてないぼくが書けだなんて言うんだから、たまったものじゃなかったな。ごめん。あと、なんか変なアパートに住んでたね。縦長の物件で、台所の床は市松模様《いちまつ》で、奥に行くほど細くて、その一番向こうに布団《ふとん》を一組だけ敷いて。

物書きの卵二つの仮住まい。

いざこうやって言葉にしてみると、あ、これ駄目そうだ、って思えるのはなんでだろうね。

でもあのときは、与えられたわずかな時間を、きみと一緒のものにしたかったんだ。きみがそう望んだからってのもあるけど、結局はぼくが自分の判断でそうしたってだけだ。だから、そういうときこそ書く人間を、ぼくはちょっと尊敬する。人としてどうかとか、そういうのと別次元の問題として、それは単純にすごいことだから。なんにせよ、あれは袋小路《ふくろこうじ》だったね。

袋小路の二人が、袋小路みたいな部屋にいた。

それだけ。

——クイズ。人の体内には、進化の過程で海から持ち帰ったものがある。どこでしょう?

——どこって、そりゃ全部だろ。体液が塩辛いのも、そういうことじゃないの?

——察しが悪いきみらしいよ。質問の意図ってやつを汲《く》んでみて。

——そうだね。じゃあ、脳の海馬《かいば》。ぼくらの記憶を司《つかさど》り、いまこの瞬間も働いてる。

——そういう駄洒落《だじゃれ》みたいなやつじゃなくって。

——ギブアップ。

——十億年前、繊毛《せんもう》細胞で重力や加速度を捉《とら》える耳石器《じせきき》がクラゲに備わった。魚がそれを発達させ、繊毛で水の流れをとらえるようになった。並行して生まれたのが、三半規管。これを、わたしたちの祖先が海から陸へ持ち出した。

――蝸牛管《かぎゅうかん》も？

――そう。あの渦巻《うずま》きのなかに、わたしたちは海と繊毛を忍ばせてるってわけ。

そんなきみの声が、ほかの女性よりも少しだけ高い、だいたい三〇〇ヘルツくらいだったのは、いま振り返るとちょっと示唆《しさ》的だったなって思う。

――クイズ。愛の反対はなんでしょう？

――なんだろう。きみのことだし、〝無関心〟は外れなんだよね？

――うん。たぶん好きの度合いがあって、それがゼロなのが無関心。だから反対じゃない。

――じゃ、ストレートに〝憎い〟で。

――それも外れ。これは宿題、考えておいて。

会社は移転を重ね、そのつど大きくなっていった。

反面、会社が会社らしくなっていくにつれて、だんだんと、自分はもう放浪者ではないらしいということが、一つの事実としてのしかかってきた。それからだ。朝、タイムカードを押す瞬間。あるいは、誰もいなくなった深夜に新人の書いたプログラムを確認しているとき。不意に、かつて訪れた海外の景色、海や街や森や砂漠が心に浮かび上がるようになった。

中東の紛争地の旅を思い出した。

雇った車は幾度《いくど》も砂嵐に巻きこまれ、視界は悪かった。砂嵐はどういうわけか、車のなかにまで入りこんできて、歯を食いしばると奥歯のあたりで砂が鳴った。ほかの車の姿もなくなったころ、赤い岩山の前、水量の落ちた川のほとりでブレーキが踏まれた。

ここなら誰の目もない。

もしかしたら殺されるのかな、と思った。

そうではなかった。運転手は外に出てカーペットを敷くと、おそらくはメッカの方角に向けてひざまずき、身を伏せ、祈りはじめた。声は、風に掻《か》き消されて聞こえなかった。

日も暮れて、だいぶ経《た》ってから街に着いた。

ガイドブックに載ってるみたいなモスクがあって、聖典を織りこんだアラベスク模様が壁面を覆《おお》っていた。アラベスクは文様であり、文字だ。そうであるのは、偶像崇拝が禁止されているから。会社の机で我に返って、思った。あれはぼくだ。

文字にすべてを見出《みいだ》している。

文字に救いに似た何かを求めている。

たとえそれが、きみの望みとは違うかもしれなくても。

それから昼休みは一人で取るようにして、喫茶店で最低一ページと決めてノートに物語を書きはじめた。学生時代の文章修業は見る影もなくて、とにかく笑っちゃうくらい下手だった。同時に、きみとのすれ違いが増えてきた。ここには何か法則がありそうだけど、単に偶然だったかもわからない。さすがに、昔のことすぎてちょっと思い出せない。

喧嘩《けんか》ばかりになった。

控《ひか》え目に言って、ぼくらはうるさい二人だった。どちらも負けず嫌いだったから、そしてたぶん挫折《ざせつ》して鬱屈《うっくつ》してたから、言いあいは延々終わらなかったし、言っちゃいけないようなことも、だいぶ言うようになってしまった。しまいには、お互いの一挙一動が気に入らなくなって、どうでもいい衝突ばかりくりかえした。あのときのお隣りさん、ごめん。

結局のところ、ぼくらは遠すぎたんだと思う。

南極の花と、砂漠のアラベスクくらいに。

それでも、きみが夕食を作って待ってくれた日があったんだ。食通だったはずのきみが、百均のスーパーで肉と野菜を買って炒《いた》めたやつだ。あれは、なんていうかまずかった。それはたぶん、ぼくの一口目で伝わってしまった。でも、心があった。それを伝えたいのに、伝えられなかった。「それってつまりまずいってことだよね?」ってなるのが明らかだったから。

ぼくはいつも先を読みすぎて、大事なことを何も伝えられない。

このあたりが、最後のきみの記憶だ。どういう喧嘩をしたかもよく憶えていない。人間ってのがよくできてるのは、つらいときの記憶をみずから消してしまうことだ。ただ告白すると、どちらがよりうまく相手を傷つけられるか、そういう不毛なやりあいの最中、

——これは憶えておくと小説になりそうだな。

と、心中ひっそり思っていたのも事実だ。自分でもどうかとは思う。ただ、いま気がついたんだけど、たぶん、きみも同じことを考えてたんじゃないかな。荒れ狂った海みたいな二人が、ときどき妙に自分を俯瞰《ふかん》する。実際は会社で疲れはて、家で疲れはて、記録するような根性もなくって、だからほとんど憶えてないんだけどね。

思うに、海馬ってやつはちょっと性能がよすぎるんだ。

——あのときのクイズ、もう忘れちゃったかな？

——自分なりの答えは出した。愛の反対は、たぶん、自己愛なんじゃないかな。書くのは自分のため。きみとうまくやりたいのも、自分の成熟を確認して満足したいだけな気がする。

——惜しいね、でも違う。

——ギブアップ。

——憎いとか嫌いとかは、愛とはベクトルの向きが違う。愛を数直線とするなら、ゼロを無関心として、たぶんその向こう側があるの。これは、まだ言葉にされていない、わた

したちが見つけていないやつ。きっと、〝マイナスの愛〟っていう概念がある。

——なんか難しいな。つまり、虚数みたいな？

——そう、虚数みたいな。

それから一拍置いて、きみがこう言ったことは憶えてる。


わたしたちのことだよ。


まもなくして、きみは新しいパートナーを見つけ、縦長の袋小路の部屋から出ていった。あれはいい判断だったよ。なんていうか、二人とも限界だった。だけどそんなのは、いまだから言えること。引っ越しを手伝ってくれるという人に、会社の昼休みに挨拶《あいさつ》したいとぼくは言ったね。頭のいいきみは察したと思う。つまるところ、ぼくは〝そいつの顔〟を一目見てやりたかったわけだ。恥ずかしいけど事実だ。要は、ぼくはまだかなりおかしくなっていた。

そしてぼくは壊れながら、思った。

行ける。

ワープロの画面を開いてみると、これまでが嘘《うそ》みたいにすらすらと書けた。薄々わかってはいたけど、まあそうだった。ところでこのときできたやつ、傑作だったと思うでしょ。これがお笑いなんだ。自分でもどうしようってくらい凡作だった。

そこまで、この世はうまくできていない。


かつて自分を作家だと信じて疑わなかったぼくが、でもいまは、作家を名乗ってはいない。あの一行も書かなかった季節が、ぼくにそうさせているのかもしれない。


南極の花よ、いまどうしてるかな?

咲いてるといいけど、別に咲いてなくてもいい。どっちであってもきみの自由だ。どっちであっても、ぼくは砂漠のアラベスクでありつづける。結局は、そういうことだったんだ。

ところで、ときどき調子の悪かった左耳が、このあいだ耳鼻科にかかってみたところ、メニエール病だとわかった。このとき聴力検査をしてみて、ちょっと面白いことがわかった。この病気はいろいろあるらしいんだけど、多くは、低音が聞こえなくなるみたいなんだ。

でも、ぼくの検査結果は違った。

三〇〇ヘルツ。

その周辺だけが、谷みたいにへこんで聞こえていない。なんででしょうねと先生に訊くと、なんででしょうねと返ってきた。それから、蝸牛管の水チャネルがどうのと難しい話になった。だけど、なんとなく思っちゃうよね。ぼくの左耳が、ぼくのなかの海の一部が、心よりも先にきみを拒んだんだろうって。ここには何か、芸事の本質にかかわる秘密があるように思う。

でも、ぼくは天邪鬼《あまのじゃく》なんだ。

だから右耳を世界に向ける。大切な人に向ける。プラスの愛を、とらえ損ねないように。

# 透明稼業

最果タヒ

ずっとここから　愛は生まれてる
実家の裏山
昔は公園があった
錆びついた柵
ずっとここから　愛は生まれてる
誰も知らなくていいこと
誰もが誰かを愛するけれど
誰も知らなくていいこと
ここを私は知っている

殺人事件のニュース
テロリズムのニュース
残虐　虐殺　昼寝の裏で
庭で花を育てる裏で
あなたが歩くとツツジが咲いて
小さな子どもが蜜を吸う

友達がいないから
助けるなら全員を
そう願ったきみが　哀れなわけもなく
私の故郷はツツジが満開

OTOGIBANASHI 03 ｜ 透明稼業　4分46秒

唄：崎山蒼志

作曲：水野良樹
Sound Produce & Arrange by 長谷川白紙

Program, All Instruments & Chorus　長谷川白紙
Mixed by 岸本浩幸 at HELMET STUDIO
Vocal Recorded by 木村篤史 (glasswerks) at Magicom Studio

崎山蒼志 by the courtesy of Sony Music Labels Inc.

# 透明稼業

最果タヒ

こんな仕事をしていて母さんには申しわけが立たない。親の顔なんてもう忘れてしまったが300年も経《た》つと母という言葉だけで、海や夕焼けの景色を超えた切なさを感じる。なんだって透明にするという仕事。

「どんななんでも屋より尊い」と銅《どう》くんは言った。ぼくたちにはやらなくてはならないことが多い、太陽の光を50時間連続で浴びせれば地球上の全《すべ》てのものは透明になる、ということを、知っているのはぼくたちだけで、だから白いボックスにその対象を入れて、太陽を追いかけるようにして真っ白なモーターボートに乗せて東へ進む。本や絵や写真やぬいぐるみや布団や宝石や様々なものを透明にしてきた。

「とにかく宝石は酷《ひど》かった、透明にしたのに盗んだんじゃないかと問われて」

「くく」

「きみは今でもその話をすると思い出し笑いをするし。最悪だ」

太陽を浴び続けると何もかもが透《す》けるより先に枯れてしまうので、銅くんはホースでずっとこの一帯に水を撒《ま》く、たまにぼくにもそれを飛ばすし、今もちょうどそうだった。

「詐欺師《さぎし》って騒がれて災難だったね」

そう呟き、ぼくはまつ毛についた水を指で拭《ぬぐ》う。

「きみに今も笑われている方が災難だな。あのとき何もできなかったのは誰だ？」

「ぼくです。いやあ、何もできなかったなあ。元気出してください」

「とにかく、詐欺師って言われて違いますとは言えないのは悲しいことだと俺は思ったよ」

地球はもう限界だって何度聞いただろう。その何度目かでそれが公式の声明文であることにみんなが気づいた。2ヵ月後に宇宙船に乗って全人類がこの星から脱出する。持ち込める荷物は一人段ボール一箱分。巨大なもの、生きているもの、高級品は争いの元だから禁じる、と言われて困っている人たちの荷物をぼくらは透明にしていた。見えなくってもそれでもそれがそばにあるならいい、と思う人も多いらしく、ぼくらはさまざまなものを透明にした。いいことだったはずだ、心温まる話のはずだ、でも、「透明」を知らない人間もいるのだと何度か思い知っていた。

「本当に透明になっているのかはわからないし。眠っている間に無意識の俺がここにあるものをポケットにしまっていたらどうしよう、とかはよく考えるよ」

「はは、根が暗いな」

「なんだよ」

「だって、これはある種の葬式だよ。地球と別れられない人間が、葬式の代わりに、透明に全てを変えたと念じることで、安らかな別れを得ようとしているんだ。それがわからないやつの仕事は受けない方がいいってだけだ」

「待って。透明になっている、と、信じないんですか？」

「人間が透明になったら、そいつは死んでなくても幽霊だ。関与できないなら無いのも同じだ。宝石なんてどうせなら盗んでおけばよかったのに」

「でも、たぶんですけど、ぼくが透明になると信じなきゃ、この箱の中で何かが透けていくなんてことは起こり得ないんですよ」


ぼくは、銅くんに故郷の花を全て透明に変えてもらったことがある。あの頃はまだ手伝うこともなく、というか、透明にするとかいうのがなんなのか知らず、彼もそれが初めての挑戦で、仕事としてそれをやっているわけではなかった。そうしてこのやり方を知った今では、彼がどうやってあの町の全体に咲いていたツツジを透明に変えたのかわからないのだけれど、彼は何もなくなったまっさおな場所であの日、笑っていた。

「これで、地球の外に行けますか？」と。

ぼくはここで死のうと思う、と伝えたのだ、前夜。友達はいないし、恋人はいないし、家族は俺のいないところで第二の人生を歩んでいるとテレビで見たし。俺は、この町が消えたら多分孤児になる、と感じていた。子供でもない年齢なのに、それだけは嫌だと思ったのだ。

故郷を失ったとは思えなかった。もし彼がぼくの愛した花を全部燃やして、縋《すが》り付く場所を全て奪っただけだとしても、彼がそれを透明にして、その一輪をぼくに手渡してくれたのだと信じることができる。ぼくはそれから彼の仕事を手伝っている。

「ぼくだって信じているよ」

「はあ？　うそだ」

銅くんは眉《まゆ》を上げて歯を見せて笑った。

銅くんに家族はいない、友達もいない、恋人もいないし、仕事で稼いだ金を何に使っているのか少しもわからない。故郷がどこにあるのかも知らない。それにたまに出発の日になっても、彼は地球から離れないのではという気もしている。彼は透明にする葬式では弔《とむら》えないものを持っているのではないか、と思うのだ。

たとえば、自分が優しいことを彼はまったく知らないから。

「絶対に断らなくちゃいけない依頼が来た」

銅くんはぼくの目を見ずに言った。

「またダイヤモンド?」

「いや、犬だよ。小型犬」

生物を透明にするのを彼はご法度《はっと》にしている。

当たり前のことだ、透明はただ見えないというだけでなく、触れることも聞くことも嗅《か》ぐこともできなくなる。端的に言えば「無くなる」、もちろん透明になるだけだから、あるはずだけれど。でも、生き物にそれをして、殺していないのか問われたらぼくたちは自信が持てない。

「……花だって、生き物じゃないのか?」

　ぼくは銅くんが目を合わせないから、言ってしまった。彼はこういうとき、少しも暗い目をしない。ちょっとだけおかしそうに目を細め、顔を白い箱に向けたまま、瞳《ひとみ》だけこちらを見た。そして、真っ白な紙みたいに微笑《ほほえ》んで、目を逸《そ》らした。

「そうだね」

「………」

「仕事じゃない時は、俺だってルールは守らないよ」

「ぼくの言いたいことがわかるのか」

「たまに思うんだけど、あなたは俺のことを信じすぎだし、俺を手伝うなんてことはしなくていい。俺が、あそこで花を全部焼いてたらどうするんです？」

「それはないだろう。焦《こ》げてなかった」

「花なんて全部切って、離れたところで焼けばわかりませんよ」

「ぼくが、お前が寝ている間にダイヤモンドもぬいぐるみも、しまい込んでいたらわからないだろ？」

　銅くんはぼくにホースの水を浴びせた。

「冗談でしょう？」

　冗談だと言え、という意味だ。

「……冗談だよ」

ぼくのポケットにはずっとダイヤモンドが入っている。ぬいぐるみは家に持ち帰って、できるだけ丁重に扱っている。依頼人が預けた愛読書の5冊は本棚にある。ぼくが、銅くんは何も透明にできないと気付いたのは、彼の助手として透明稼業をはじめて、すぐのことだ。

ぼくの花畑を消した銅くんを、ぼくは守りたいと思っている。

「これはいつ頃消えるんだ」

話を変えてしまった。今日の箱の中には古い口紅が入っている。海面で反射した光がどれも踊って、いまは一つも透明でない。

「42時間経過しているから、あと8時間ぐらいじゃないですか?」

「生きていられたら十分だというのに、みんな大事なものが多いんだな」

「ああ、それにはほんと同意です」

銅くんは、ぼくがやっていることを、きっと知っている。

ぼくたちはとても卑怯《ひきょう》な二人組として、互いを騙《だま》し、他者から盗み、奪い取っていかなければ、きっとだれよりもこの星を捨てきれないのだ。

もしかしたら犬を飼い始めることになるかもしれない、とぼくは思った。

「銅くんは、故郷はどの辺なの」

「白木《しらき》さん、いつかみんな、故郷は地球だと言うようになりますよ」

彼は、絶対に故郷の話をしない。

ぼくはあまりそこを気にはしていない。

「いや、一度でも地球で生きたことのある人間にそれは無理だよ」

「でも、この星はきれいですよ。誰もいなくなったらきっともっと綺麗《きれい》です」

ぼくは、自分のやったことをいつか彼に告白してでも、彼を宇宙船に乗せようと決めている。窓からこの星を見てほしい。美しい故郷の記憶が、彼にもできるといいなと思う。

そのためにいつか、ぼくは彼の前から去り、透明にならなくてはならない。

Kiyoshi Shigematsu

# ステラ2021

重松清

なんだかヤな時代だね　こんなんなっちゃうなんてね
ニュースは腹立つばかりで　ネットは炎が燃えさかっていて
でもステラ　夜空はいつもいまも変わらず
一万年前の光を　ぼくらに届ける

マスクをしてたら笑えない　笑っても伝わらない
ぼくのメガネはすぐに曇って　カノジョのルージュは減らなくて
でもステラ　昔だれかが歌っていただろ
上を向いて歩くのは　涙をこぼしたくないから

人が親指で殺される　後ろ指が背を突き刺す
正義のボール奪い合いつつ　みんなゴールが見えないままで
でもステラ　ぼくらは星と星をつないで
美しい物語も　つくっていたはずなんだ

生きてる時代は選べない　タイムマシンたぶん無理
運が悪かったのかな　はずれの時代なのかな　いま
でもステラ　ぼくらは夜空を見上げるたび
人生よりも歴史よりも　長い時間を知るんだ

——知ってるかい？

遠い火星で「忍耐《パーサヴィアランス》」という名のローバーが
ゼッサン孤独に　黙々コツコツ
荒れ野を探検中！――

子どもの頃に思っていたより　この世界はポンコツかもね
どこかでなにかを間違えて「ごめんね」も言えずに意地を張って
でもステラ　ぼくらの星は青くてきれいだと
ずっと信じてもいいかな　いままでもこれからも

子どもの頃に夢見てた　タコさんの火星人はいなくて
冥王星もいつのまにか　太陽系から消えちゃったけど
でもステラ　ぼくらは見知らぬ誰かと
遠い星の王子さまと　いまでも出会いたいんだ

マスクに笑顔を隠されどおしで「密」拒まれてどうつながる？
道に迷って途方に暮れて　誰かを嘲笑《わら》ってごまかして
でもステラ　真昼の星座をぼくは信じる
雨雲を抜けたら　そこは満天の星

だからステラ　ぼくとカノジョはこの星の片隅で
マスクなしの口づけを　そっと何度も交わすんだ

OTOGIBANASHI 04 ｜ ステラ 2021　7分09秒

唄：柄本佑

作曲：水野良樹
Sound Produce & Arrange by トオミヨウ

Drums & Percussion 朝倉真司　E.Bass 隅倉弘至　E.Guitar 山本タカシ
Acoustic Piano, E.Piano & All Other Instruments トオミヨウ
Recorded & Mixed by 甲斐俊郎 at SOUND CREW STUDIO, Studio MOGO
Vocal Recorded by 熊谷邑太 at Studio MOGO

# 星野《ほしの》先生の宿題

重松清

宿題が出された。

遠い遠い宇宙の果ての先の先——太陽系の外にある、どこかの星の人たちに、自己紹介も兼ねて「はじめまして」のメッセージを送ることになった。

「わたしたち地球人はこんな生命体ですよ、というのを相手に伝えるわけだ」

星野先生はそう言って、「仲良くなりたいっていうのが伝わると最高だ」と笑顔で付け加えた。

「地球人」も「生命体」も、ふつうの中学二年生の教室では、めったに登場しない言葉だろう。ましてや、いまは国語の時間なのだ。

でも、星野先生の授業はいつもこうだ。すぐに話が脱線して、宇宙や星の話になる。一年生のときから国語を受け持っているので、僕たちにも「地球人」や「生命体」はすっかりおなじみなのだ。

「ただし、文章で書いてもだめだぞ。向こうには地球の言葉がわからないんだから」国語の宿題なのに文章を書かせないのって、おかしくないですか――たとえそう訊《き》かれても、星野先生はちっとも気にしないだろう。

先生はとにかく宇宙や星が大好きなのだ。名前に「星」がついているのは偶然に決まっているのに、本人は運命だと言い張る。もう四十を過ぎていても、けっこうガキっぽい。

去年、初めての国語の授業で自己紹介をしたときには「ホシノと言えば、星の王子さまです。みんなも先生のことを『王子』と呼んでください」と言って、僕たちを微妙な空気にした。

さらに、「国語の先生なのに理系が好きなんですか?」と質問されると、「宇宙から見れば、文系とか理系とか、小さい小さい」と笑って、さらに続けた。「宇宙というのは、文系でも理系でもない。宇宙は太陽系で、銀河系だ」――クラス全員、いっそう微妙な空気に包まれた。

もっとも、先生がスベってしまったのは、しかたないかもしれない。これが実際の教室だったら、どうだっただろう。もうちょっとウケたかな……もっと寒くなっていたかな。

僕たちが顔合わせをしたのはモニターの中だった。教室は、二十八分割されたＺｏｏｍの画面だった。去年の五月のことだ。

世界中に、未知のウイルスによる感染症が広がっていた。ニッポンもそう。僕たちの街もそう。出歩くと感染する。人と人が交わると危ない。だから、学校は三月頃からずっと休みになってしまい、僕たちは卒業式をしないまま、小学校を卒業した。

一ヵ月遅れでようやく中学校の入学式をして、新年度が始まった。でもしばらくの間は、授業はオンラインと自宅での自主学習で、行事はぜんぶ中止になり、部活も禁止されて、星野先生とも六月になるまでリアルな顔合わせはできなかったのだ。

そんな去年のことを思うと、今年は教室で友だちと会えるだけでも、まし——そういう「サイテー」と比べてしまう発想をしなくちゃいけないのが、なんか、悔《くや》しいけど。

オンラインでもリアルでも、星野先生の宇宙への脱線は変わらない。「時間があるから、参考までに言っておくと」「ところで、話はガラッと変わるんだけど」「それはそうとして、ちょっと別の話をすると」……。

生徒はそれをひそかに「ロケット打ち上げ」と呼んでいる。先輩から後輩へ、何代にもわたって受け継がれてきた呼び方だ。

あーあ、また先生がロケット打ち上げちゃったよ、戻ってくるまで時間かかりそうだなあ、なんて。

今日も、先生はロケットを打ち上げた。

アメリカの無人宇宙探査機ボイジャー1号と2号の話だった。

一九七七年九月五日に打ち上げられたボイジャー1号は、木星や土星に接近して貴重な画像をたくさん撮影した。ボイジャー2号は一九七七年八月二十日に打ち上げられて、木星や土星に加え、天王星《てんのうせい》や海王星にも接近して画像のデータを地球に送った。

そして、いま——二〇二一年五月。

二機のボイジャーは、どちらもまだ宇宙を飛んでいる。

教室がざわめいた。正確には、みんなマスクをしているから、もごもごもごもごもごもごもご、と騒がしくなった。

すごい。打ち上げからもうすぐ四十四年なのに。燃料の補給もメンテナンスもしていないのに。

向かっているのは、太陽系の外だ。すでに人類史上で最も遠くまで旅をしていても、まだ太陽系の中庭あたりなのだという。

宇宙は広い。そっちのほうがもっとすごいのかも。

先生の話の本題は、ここから——。

ボイジャー1号と2号は、ともに大切な荷物を積んでいる。

「手紙なんだ」

いつかどこかで、知的な生命体と出会ったときのために、『ゴールデン・レコード』という、地球人について紹介するレコードをつくった。

「レコードから説明しなくちゃいけないかな」――あの頃の記憶媒体。いまの感覚で言えば、USBメモリのようなものらしい。

その星にもパソコンやスマホはあるんですか、と誰かが質問した。

すると、先生は苦笑して「わからないな」と言った。「でも、とにかく――」と続けた。レコードに記録されたものを読み取れる文明を持った星がどこかに必ずある、メッセージを理解できる知的な生命体が必ずいる、と信じて、一九七七年の地球人は自己紹介のレコードをつくってボイジャーに積んだのだ。

百十五枚のモノクロ画像と、波や風や動物の鳴き声などの自然音、五十五種類の言語のあいさつ――日本語のあいさつは「こんにちは、お元気ですか」だった。

さらに世界中の民族音楽やクラシック、ポップスの音源も収録された。バッハやモーツァルトやベートーヴェン、ロックンロールやブルース、日本からは尺八の『鶴《つる》の巣籠《すごも》り』が選ばれた。

先生は収録されたロックンロールの『ジョニー・B・グッド』の動画も用意していたから、たまたま時間に余裕ができたから脱線をしたのではなく、最初から「今日はこの話をしよう」と決めていたのかもしれない。

そして、ここからが本題中の本題――。

「もしも、いま、みんなが新しい『ゴールデン・レコード』をつくるなら、どんなことを伝える？」

教室は、今度はしんと静まりかえった。

えーっ、マジ？　という困った声が、マスク越しに聞こえた。

男子と女子に分かれて、男子の意見と女子の意見をそれぞれクラス委員がまとめて、明日の国語の時間に発表することになった。

男子のクラス委員は、僕だ。それはつまり、こういうときに「ヤマちゃん、頼む」「山《やま》本《もと》が決めろよ、ぜんぶ賛成してやるから」と押しつけられてしまう役ということだった。

女子のクラス委員の近藤《こんどう》さんをちらりと見た。近藤さんも僕を見ていたので、すぐに目が合った。僕たちは同じ小学校から来て、けっこう仲良しなのだ。

近藤さんは、まいっちゃうね、と苦笑した。女子も似たようなものなのだろう。僕もしょぼくれた顔をして、こっちもまいってるよ、と伝えた。

そんなクラス委員の気も知らずに、先生は張り切って言った。

「動画でも静止画でも音声でも、なんでもいいぞ。ただし、自己紹介するのは、二〇二一年五月の地球だ。いまの、地球人だ」

そして、教室を見回して、付け加えた。

「嘘《うそ》をついちゃいけないぞ」

笑いながら——でも、真剣な口調だった。


二〇二一年五月の地球人。

かなりサイテーだというのは、中学二年生になったばかりでもわかる。

みんなも国語の授業のあと、「マジかよー……」と困っていた。

「どこをほめればいいわけ?」

「べつにほめなくてもいいじゃん」

「そうだよ、嘘つくなって先生も言ってただろ」

「嘘じゃなくても、ほめるところ、あるでしょ」

「ないないないっ」

「えーっ?」

「じゃあ言ってみろよ、ほめるところ」

第二次世界大戦みたいな大きな戦争をしてない——でも小さな戦争、たくさんある。

経済発展してる――でも環境ボロボロ。

インターネットで世界がつながった――でもヘイトとかフェイクニュースも一瞬で世界中に広がる。

飢えで死ぬ子どものニュース、減ってる――でも、報道の数が減るのと実際の数が減るのとは違う、全然、まったく、まるっきり。

長生きできるようになった――でも、みんなが元気でご長寿ならいいけど、そうじゃないのが問題なわけで……。

星野先生が最後に言った「嘘をついちゃいけないぞ」の一言が、じわじわと僕たちを締めつける。

なにより、ウイルスのこと。世界中に猛威をふるってから、そろそろ一年半になる。感染や重症化を防ぐワクチンはできた。どんどん接種を進めている国もある。でも、日本は、ワクチンを輸入に頼っていて、ようやく接種が本格的に始まったところだ。中学生に回ってくるまでには、あと一年以上かかるんじゃないか、とも言われている。

なんで、そんなに遅いの？

科学技術は世界トップクラスのはずなのに、なんでワクチンがつくれないの？

偉い政治家は、なんでちゃんとした説明をしてくれないの？

ひょっとして……オレたちの国って、意外とポンコツ？

「いやいやいや、ちょっと待てよ」

クラスの男子で一番勉強のできる荻野《おぎの》くんが言った。「先生は地球人を紹介しろって言ったんだから、日本がアレでも、もっといい国があるんだったら、そっちを紹介すればいいんだよ」

たとえば、と続ける。

「イスラエルなんて、もう国民のほとんどがワクチンを打ってるだろ」

僕はうなずいたあと、首を横に振った。悪いけど、僕は荻野くんと勉強のライバルで、じつを言うと社会の成績は僕のほうがいい。

イスラエルはいま、何十年も前から争ってばかりいるパレスチナとまた揉《も》めていて、攻撃したりされたりで、お互いにたくさんの犠牲者を出している。せっかくワクチンを打って感染症から助かったのに、憎しみ合って命を落とすのって……やっぱり、おかしいと思う。

自分の意見を打ち消された荻野くんはムッとして、「ウイルスで大変でも、経済が伸びてる国があるだろ」と言った。

もちろん、ある。中国とアメリカだ。

でも、中国は少数民族を弾圧したり、国際的なルールを無視して好き勝手にふるまったりして、世界中から厳しく批判されている。一方、その批判の先頭に立つアメリカだって、去年からひどい人種差別問題で揺れているのだ。

僕の説明を聞いた荻野くんはいっそう不機嫌になってしまい、「ヤマはネガティブすぎるんだよ、アラ探しばかりするなよ」と口をとがらせた。

「わかってるよ、でも――」

星野先生は「嘘をついちゃいけないぞ」と言ったのだ、とにかく。

僕も、遠い宇宙の果てで出会うかもしれない生命体に、嘘なんてつきたくない。見栄《みえ》なんて張りたくない。

「でもさあ……」

いままで黙っていた長谷川《はせがわ》くんが口を開いた。「地球人がダメダメだって教えちゃうと、危なくない？　じゃあこいつら滅ぼすか、ってなったらどうする？」

そこまで星野先生の話を本気にするなよ、とみんなはあきれて笑ったけど、荻野くんは強引に長谷川くんを味方につけて、言った。

「そうだよ、ハセの言うとおりだよ。ヤマみたいに地球に住んでるのに地球を批判するのってサイテーだよ。じゃあ、文句あるんだったら、地球から出て行けよ」

めちゃくちゃな理屈だった。言い返す気にもならない。

でも、荻野くんは僕が黙っているのを誤解して「はい、論破っ」と得意げに笑って、続けた。

「おまえみたいなヤツのこと、ハンニチでヒコクミンって言うんだよな」

「反日」や「非国民」の意味もわからずに笑う友だちに囲まれて、荻野くんは上機嫌に「だって、オレ、地球を愛してるもーん」と胸を張っていた。二〇二一年五月の地球人の代表は、荻野くんなのかもしれない。

でも、いいや。意地悪な声も、キンキンと耳障《みみざわ》りには響かない。誰の声でもそうだ。マスクがあると、声はすべてくぐもって、自然とまるくなる。

もごもごもごもごもご……。

夏になってもマスクははずせないだろう。去年も熱中症が心配だったけど、今年も嫌だなあ。来年は……ワクチン、中学生も打ってますよね……だいじょうぶですよね……って訊くことも、偉い政治家を信じていないヒコクミンになっちゃうんですか……ですか……ですか……?

マスクをすると、自分の声は、なかなか自分から遠ざかってくれないのだ。

放課後は近藤さんと一緒に帰った。

あんのじょう、女子の話し合いもまとまらなかったらしい。地球人をほめたい人とそうじゃない人の意見は、最後まで嚙《か》み合わず、しまいには「星野先生も国語の授業だけやればいいのに」「英語や数学の授業でこんなに脱線してたら絶対に大問題だよね」と、みんなで先生の悪口を言いはじめた。

でも、それは八つ当たりだ。ほんとうは、先生が聞かせてくれる宇宙の話は、男子にも女子にも意外と好評なのだ。

たとえば、去年の秋、先生は人類で初めて宇宙から地球を見た宇宙飛行士の言葉を教えてくれた。「地球は青かった」というソ連の宇宙飛行士ガガーリンの言葉だ。

先生はそこから地球の環境問題について説明してくれたけど、僕たちにはガガーリンの言葉のインパクトのほうが強かった。その日の給食の時間、お調子者の志村《しむら》くんが、ぼそっと「牛乳は白かった」と言ったら、飲みかけていた牛乳を噴《ふ》いたヤツが五人もいて、その牛乳が感染予防のアクリル板にビシャッと飛び散って、教室は大騒ぎになってしまった。その後もしばらく「ウンコは茶色かった」「オナラは臭かった」「チンコはデカかった」と、小学生みたいなことをみんなで言い合って、男子の流行語になったのだ。

女子には、一九八六年のアメリカの宇宙船チャレンジャーの爆発事故が印象深かったらしい。高校教師だった女性宇宙飛行士のクリスタ・マコーリフは、たくさんの子どもたちが見つめる前で、打ち上げから一分十三秒後の爆発事故で帰らぬ人となったのだ。その話をしたときには、星野先生はマコーリフさんの写真や爆発の瞬間の動画まで見せてくれたから、涙ぐむ女子が何人もいた。

どうも、その、男子と女子とではリアクションに差がありすぎる気もするけど……まあ、そういうものなのかな。

でも、とにかく、星野先生の宇宙の話は女子にも好評だったので、宿題についてもみんな真剣に考えて、話し合った。真剣だからこそ、結論が出せずに、結局最後はクラス委員の近藤さんにお任せ――男子と同じだ。

「言葉が使えないのがイタいよね」

「だよなあ……」

「最初はスマホでいいかも、っていう話になりかけたんだよね。スマホを見せれば、頭のいい生命体だったら、地球人の知的レベルとか、すぐにわかってくれるんじゃないかな、って」

あ、なるほど、すげっ、と僕は感心したけど、近藤さんはすぐに「でも、星野先生が言ってるのってそういうことじゃないよ、っていう話になったの」と打ち消した。やっぱり男子と女子は、ちょっと、かなり、すごく、差があるのかも。

「自己紹介って、ＰＲとは違うでしょ?」

「うん……」

「でも、反省とか、悪いことをやってきたのを告白するっていうのとも、違うよね」

「違う、と思う」

「わたしたちはこうなんです、これがわたしたちです、って……難しいなあ……」

近藤さんはため息をついて、「わたしが決めちゃうと、けっこう悪口になりそうな気がする」と言った。

「どんなふうに?」

「だって、そもそも宇宙に行く発想じたい、おかしいでしょ。わたしが子どもの頃に思ってたのと全然違ってる」

星野先生の宇宙の話は、ときどき地球上の戦争や大国同士の仲の悪さの話にも結びついた。二十世紀後半にアメリカとソ連が宇宙開発を競い合っていたのも、世界の平和や人類の幸せのためというより、「あいつには負けられない」というライバル意識からだったらしい。いまだってそうだ。アメリカはおととし宇宙軍をつくった。でも、それは異星人から地球を守るためじゃなくて、同じ地球の中国やロシアからアメリカを守るための軍隊だった。ロケットと弾道ミサイルの違いだって、ざっくり言うと先端が爆発するかしないかだけ――「もったいないよなあ、せっかく宇宙を目指せるのに、それを敵の国に撃ち込むなんて」と先生は悔しそうに言っていた。

「地球人って、はっきり言って、宇宙に出る資格ないと思う。その前に地球のことをなんとかしてよ、って。なんで貧富の差がなくならないの、なんで肌の色とか差別しちゃうの、なんで難民が減らないの、なんで生き物をどんどん絶滅させちゃうのよ……こんなのが宇宙に出て行ったら、ろくなことしないよ、銀河系とか大迷惑だよ、嫌われ者になっちゃうよ、絶対に……」

しゃべっているうちに感情が高ぶって、声が震えはじめた。

気持ちはわかる。僕も賛成。でも、このまま放っておくと、近藤さんはもっと興奮して、泣きだしてしまうかもしれない。

だから僕はあわてて、明るい口調で言った。

「でも、地球人って、間抜けだからだいじょうぶなんじゃねーの?」

だって、星野先生は、こんな話もしてくれたのだ。

一九九八年に打ち上げられた火星探査機マーズ・クライメイト・オービターは、無事に火星に到達したものの交信が途絶えてしまい、いまは、どこでどうしているかもわからない。

なぜ失敗したかというと、開発にかかわった二つのチームが、一つは長さの単位をメートルで計算していて、もう一つはヤードで計算していたのだ。それでいろんな数字がどんどんずれていったあげく、通信機能が壊れてしまった。同じステージに立つミュージシャンがお互いに気づかないまま別々の曲を演奏していたようなもの——間抜けすぎる。宇宙開発にかかわる人たちって、みんなめちゃくちゃ勉強ができるはずなのに。

「だから、宇宙に出て行っても、意外とボケ担当で、ほかの星からツッコミ入れられながら、『しょーがないよ、地球だもん』って、けっこういい感じでやっていけるかもよ」

近藤さんはあきれ顔になって、返事もしてくれなかった。話もそれっきりで終わり、次の交差点で「じゃあね」「うん、また明日」で別れてしまった。僕のおかげで泣かずにすんだこと、わかってくれるといいんだけどな。

一人になってからも、星野先生の宿題のことを考えながら歩いた。

近藤さんには言わなかったけど、先生から聞いた宇宙の話で、気に入っているのがもう一つある。

地球は火星人に侵略されそうになった。H・G・ウェルズという作家が百二十年ほど前に書いた『宇宙戦争』という小説での話だ。

タコみたいな火星人が地球を襲って、大暴《おおあば》れした。このままだと地球は火星人のものになってしまう……と思いきや、火星人は地球の細菌に免疫がなかったので、みんな病気になって死んでしまったのだ。

いま地球人を苦しめている新型ウイルスだって、じつはひそかに、宇宙から侵略に来た目に見えない知的生命体を倒してくれているのかもしれない。僕たちはウイルスに文句ばかり言っているけど、もしかしたら、そのウイルスのおかげで滅亡の危機を免《まぬが》れているのかも……。

先生がそう言うと、教室のみんなはマスク越しのくぐもった声でブーイングをした。先生も「甘いかなあ、甘いよなあ、やっぱり」と認めた。「ごめんごめん、みんなの苦労を無視しちゃって」と謝ってもくれた。ただ、そのあとで、こう付け加えたのだ。

「そういう発想でものごとを見るのも、意外と大事かもしれないぞ」

そのときにはピンと来ていなかった僕も、いま、ちょっとだけ、先生の言いたいことがわかったような気がした。

先生の話で好きなのが、もう一つ。

いま地球人は、最新の探査機を火星に送っている。新型ウイルスが猛威をふるっていたさなか、去年の七月三十日に打ち上げられて、今年の二月十八日に火星に着陸したことが確認され、いまも火星の荒れ野を探査中だ。

その探査機の名前は、パーサヴィアランス――「忍耐」という意味。命名の由来は知らない。新型ウイルスと関係あるのかどうかもわからない。ただ、暗い名前だというのは確かだ。

でも、その一方で、火星の岩石などを調べるロボットアームの先端の観測機器は、シャーロックと名付けられている。名探偵シャーロック・ホームズだ。で、シャーロックが観測したものを撮影するカメラの名前は、ホームズの相棒のワトソン。

「深刻すぎるぐらい真面目《まじめ》なのか、ノーテンキなのか、よくわからないよなあ」

先生はおかしそうに笑っていた。僕たちも笑った。その笑いを遠い星の生命体にも伝えられたらいいのにな――ふと、思った。

ねえ。

きみは、どう思う?

いま僕の話を聞いてくれているのは、地球人の中でもほんのひと握り、というか、ひとつまみというか、すごく偏って、すごく限られた地球人にすぎない。

でも、知りたい。

きみなら、星野先生の宿題に、どんなふうに答える？

近藤さんと僕は、それぞれウチに帰ってからも必死に考えた。両親に訊いたらヒントぐらいにはなりそうな気がしたけど、逆に、両親の考えることは絶対に違うだろうな、とも思った。

翌日の国語の授業で、さっそく宿題の答えを発表することになった。

最初は女子から。

近藤さんは「赤ちゃんの泣き声です」と言った。「なんにも説明しなくていいから、泣き声だけを録音します。できれば、赤ちゃんが生まれた直後の、産声《うぶごえ》」

昨日、僕と別れたあと、近藤さんはもっとじっくり考えたくて、公園に寄った。ベンチに座って、どうしようかなあ、と考えていたら、ベビーカーを押したお母さんが通りかかって、ちょうど赤ちゃんが泣きだした。その泣き声を聞いていて、これだ、と決めたのだという。

授業前に女子のみんなに訊いてみたら、全員賛成してくれたらしい。

男子には「えーっ？」「ワケわかんねえっ」と不評だったけど、女子は自信たっぷりに、だから男子ってバカだよね、という顔をしていた。

星野先生も満足そうに大きくうなずいて、「いい答えだ」と言ってくれた。◯がついたわけだ。

ホッとする近藤さんや女子たちに、先生はさらに続けた。

「きっと伝わるよ。地球人は、こんなふうに命を始めるんだ、って……わかってくれるよ、うん、わかるだろうな、絶対に」

って、友だちの気持ちを代弁するみたいに言うけど、会ったことないでしょ、地球以外にいる生命体なんて……ま、いいか。

次は男子。

近藤さんと入れ替わりに教壇に立った僕は、言った。

「世界中の人びとの顔を集めます」

人種、民族、国家、とにかく可能なかぎり幅広い人たちの、もちろん年齢とか社会的立場とか性別も取り混ぜて、笑ったり泣いたり怒ったりすましたり落ち込んだり……という、さまざまな顔の画像を集めて、データにする。

授業前にクラスの男子に話したときには、はっきり言ってウケなかった。荻野くんなんて「弱っちい顔なんてあったらナメられるだろ。ビッと気合入れた顔だけでいいじゃん」

――ヤンキーのケンカと一緒になってる。

でも、星野先生は、「うん、なるほどな」と小さくうなずいて、質問をした。

「いろんな表情があるわけだよな」

「はい……」

「大きく二つに分けちゃおう。笑顔と泣き顔だ。で、どっちのほうを多くする？」

荻野くんが横から「そんなの笑顔に決まってるじゃん。圧勝、圧勝」と言ったけど、僕は聞こえなかったふりをした。先生もなにも応《こた》えなかった。

「接戦です」

僕は言った。教室がどよめいた。不服そうな目になったヤツが何人もいた。でも、先生は表情を変えずに「それで？」と続きをうながした。

「接戦ですけど……笑顔のほうが、ほんのちょっとだけ……勝ってます」

荻野くんは「なんだよ、それ」とすごんだ声になったけど、僕はさらに続けた。

「たまに逆転されたりするけど……」

荻野くんが「ふざけんなよ」と怒りだす寸前、先生は大きな声で「だなっ！」と言って、手を一つ、大きく叩《たた》いてくれた。

「そうだそうだ、逆転される！　たまに、じゃなくて、しょっちゅうだ！」

これではもう、荻野くんは黙るしかない。

「でも、途中で逆転されても、必ず……笑顔のほうが増える」

僕もそう思う。

「でも、笑顔が増えて安心してたら、また泣き顔が増えてくる」

それも、わかる。

「その繰り返しだ」

だよなあ、ほんと、そうだよなあ、と納得する。

「でも、笑顔のほうがちょっとだけ多いってことで、探査機に載《の》せちゃえ。それでいい」

どうやら、先生は僕の答えにも○をつけてくれたらしい。

「どうせ、ずっと未来にならなきゃ異星の生命体には見てもらえないんだ。だから、いまが泣き顔が多い時期でも、かまわないから、笑顔を増やせばいいんだ」

すると、荻野くんが「えーっ、先生、嘘ついちゃだめだって言ってましたーっ」と声をあげた。

でも、先生はあわてず騒がず、むしろ待ってましたというふうに、微笑《ほほえ》み交じりに言った。

「嘘じゃないよ」

そして、教室をゆっくりと見渡して——。

「それは、希望っていうんだ」

星野先生の宿題は、きっと誰かから誰かへとリレーされていくものだろう。
僕がバトンを持って走るのは、ここまで。
受け取ってくれるかな。
ねえ、きみ。
星野先生の宿題に、きみなら、どんなふうに答える——？

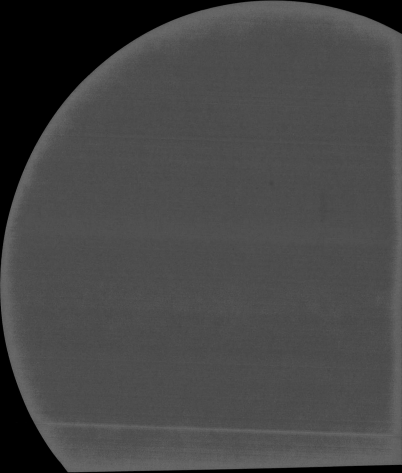

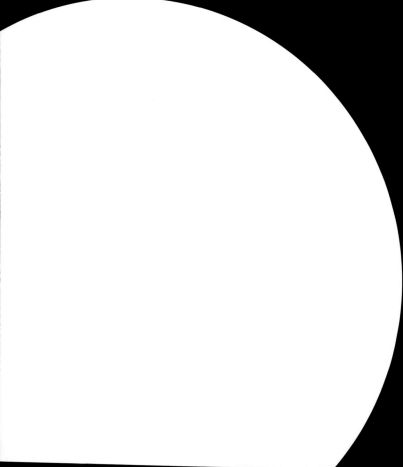

Hiroko
Minagawa

# 哀歌

皆川博子

## Ⅰ

笛の音《ね》が呼んだ虹は凍り
虹を映した湖は裂け
裂け目を渡る風は砕け
わたしの影は死んでしまった
わたしは少し生きているけれど
わたしの影は散り散りになった
風と一緒に砕けてしまった
湖と一緒に裂けてしまった
わたしはひとりで笛を吹く
一緒に踊る影はない
いいえ、星屑　流れ星
砕けたのはわたし
裂けたのはわたし
影は湖畔で笛を吹く
星に聞こえる笛を吹く

## Ⅱ

睡《ねむ》れとや
死ねとや
白く

落ち椿
否《いな》とよ
嗤《わら》え
嗤え
埋葬虫《しでむし》　草蛍《くさぼたる》
否とよ
歌え
歌え
白く
落ち椿
舞うよ
歌につれて

Ⅲ

わたしはひとりで笛を吹く
一緒に踊る影はない
………………
………………
………………
影は湖畔で笛を吹く
星に聞こえる笛を吹く

OTOGIBANASHI 05 ｜ 哀歌　5分44秒

唄：吉澤嘉代子

作曲：水野良樹
Sound Produce & Arrange by 世武裕子

Percussion 江島啓一
Flute 多久潤一朗
Strings 鈴村大樹ストリングス
Acoustic Piano, All Other Instruments & Chorus 世武裕子
Recorded & Mixed by 小森雅仁 at Bunkamura Studio, ABS RECORDING
Vocal Recorded by 甲斐俊郎 at Studio MOGO

吉澤嘉代子 appears by the courtesy of Victor Entertainment
江島啓一 appears by the courtesy of NF Records / Victor Entertainment

# Lunar rainbow

皆川博子

林檎《りんご》には、夜を中身にしているのがある。見た目はほかのと変わらない。蜜の部分がたっぷりとあり、その分、不穏な甘みが強い。私はいつ食べたのだろう。

かつては、豪農がこの一帯の広大な土地を所有していたのであろう。敗戦後の農地改革やら財産税やら相続税やらで持ちこたえられなくなり、土地開発業者などの手に渡り、代が替わるごとに細分化されていったのであろう。ゆるやかな丘陵地帯に建て売りらしい家がひしめく。外観は小洒落《こじゃれ》ているけれど、それぞれの敷地は三十坪ぐらいか。ところどころに二百坪、三百坪の敷地を持つ旧《ふる》い邸宅が残り、入母屋《いりもや》造りに黒瓦《くろがわら》の二階家がなつかしく、塀《へい》越しに枝をのばした梅や木蓮《もくれん》がやさしい。

宅地が途切れ雑木《ぞうき》林《ばやし》となるその境界に、ことさらに古びさせた赤煉瓦《あかれんが》の塀に黒い鉄格子の門扉《もんぴ》が大正浪漫《ろうまん》の趣《おもむき》を醸《かも》す一郭がある。煉瓦塀は正面の一部だけで、蔓《つる》性の植物や刈り込んだ庭木に隠されているけれど、周囲を囲う塀のほとんどは背丈を超える鉄柵で、その尖った先端が内側に折れ曲がる。

前庭もまた、浪漫趣味を横溢《おういつ》させている。ごく狭い空間なのだが、門からエントランスに続く石畳の通路を屈曲させることで広やかな錯覚を持たせ、通路の両側は紫陽花《あじさい》などの深い植え込みが大小二つの池を縁取る。小さい池の上には藤棚が作られ、花時はさぞ見事であろう。

エントランスは南欧の様式をまねたという。ポーチに置かれた籐《とう》の長椅子《いす》に、夕暮れ、くつろぐ。

大きい方の池は、縁をわざと崩した煉瓦の隔壁の間隙《かんげき》から滝が流れ落ちる。

奇妙なのは、これほど優美に造られた池に、無様《ぶざま》で不気味な石像が据《す》えてあることだ。河童《かっぱ》にしては頭部に皿がない。蛙《かえる》とも似て非なる形状だ。ぎょろりとした出目を持った、妖怪の一種としか見えぬそれが、水に浸りながら腹を空に向け寝そべっている。

エントランスに続く建物は五層のマンションで、正式な名称は介護付有料老人ホームである。自宅は公道から玄関まで十三段の石階を上らねばならず、自力で上り下りができなくなったら施設に身をあずけると前々から心積もりをしてはいた。まだ歩行は可能なのだが、疫病《えきびょう》の蔓延《まんえん》で緊急事態宣言が発され、外出自粛、スーパーやコンビニなどをのぞいてほとんどの店が休店となったとき、卒呪《そつじゅ》の身で一人暮らしは困難と、踏ん切りをつけた。

ままごとのような水屋《みずや》――システム・キチンと呼ぶらしい――を備えた居間と寝室の二部屋に浴室つきで、日々をひとり過ごすには十分なスペースであり、ネットも接続できる。愛用のパソコンを持ち込み設置した。書棚を三架しか置けないので、当座必要な資料のみ運び入れ、作り付けの書架《しょか》を二重に埋めさらに床に幾つもの山を築いた蔵書の大半は、そのまま自宅の仕事部屋に残した。車で十分ほどの距離である。必要なときは取りに行ける。

三年ほど前に大腿《だいたい》骨を骨折して以来、要支援2と認定されているので、苦手な掃除《そうじ》や寝具交換をスタッフに依頼でき、食事もホームまかせ、気が向けば自室で好みのものを料理することもできる。外出も自由。目下は疫病流行のために自粛を余儀なくされているが、本来なら訪客も大歓迎と謳《うた》っている。

申し分ない老後の暮らしと言えよう。が、流離《りゅうり》の憂《うれ》い、日々新たなのは、何故か。

他者との接触が少なくなったためだろう。蒸留水の中で生きる。感情の起伏乏しく、肉体の動きまた乏しく、海の日の沈むを見れば、と声には出さずくちずさむ。激《たぎ》り落つ、異郷の涙。滂沱《ぼうだ》と涙滾《たぎ》ることはなけれど、胸骨を荒縄で縛り上げられるような痛みはおぼえる。

老後という言葉がよろしくない。老いの後にあるのは死のみではないか。最上階である五階に住むが、ルームナンバーは6から始まる。入居する前に建物の各階の平面図をもらっている。四階の図面だけがない。ジャック・フィニイの「レベル3」が連想された。ないとされるフロアが存在する話だったと思う。四階は実在するのにないことにされている秘密のフロアか。実際には、三階の上の階を五階と呼んでいるのであった。503号室の隣は505号である。丹念に、死に通じる数字を取り除いてある。そのためにかえって死を意識させせられる。

一基あるエレベーターは、定員九名と壁のプレートには記されているのに、六人でほぼ満員になる。三人分は亡霊用かと思ったが、あるとき、奥正面の壁面の下部に刻み目があるのに気づいた。床から三分の一あたりに水平の線、その中央に垂直に刻まれた線。目を凝《こ》らせば金属の小さい把手《とって》が二つ。両開きの扉だとわかる。広がる空間の用途は、すぐに察しがつく。ストレッチャーを載せられるエレベーターがないのを不思議に思っていた。

先に続く生は日数《ひかず》をかぞえられるほどだが、ふり返れば経《へ》てきた時は八重の葎《むぐら》をなす。豊饒《ほうじょう》な時を持ったと言えるのだろうか。小さい穴をもらったと、不意に思い出す。学齢に達さぬ、五つぐらいのときであったか。くれたのは、父の末弟だ。父は長男で、弟が三人、妹が一人いた。穴をくれた叔父《おじ》は、いつも莨《たばこ》のにおいがまつわっていた。穴もかすかに莨のにおいがした。そのころは、叔父は未成年だったのだから、少し不良だったのだと思う。机に穴を置き覗くと、深い底に水のような夜が溜まり、星が散っていた。

父と母、私と幼い弟、父の両親、そうして父の三人の弟たちと妹一人——つまり私の叔父たちと叔母《おば》——がごちゃごちゃに住んでいたのだが、父が居を移したので、私たちは祖父母の家を出た。いつの間にか、穴をなくした。

三人の叔父を、上からア、イ、ウで区別しよう。穴をくれたウ叔父は大学に進み、学徒出陣でどこかの戦線に送られた。私は女学生になっていた。戦死の公報が届いたが、遺骨はなかった。なくした穴が、私の学習机の上に出現していた。

学生のみならず、四十代ぐらいまで召集されるようになり、父もア叔父、イ叔父も赤紙がきて入隊した。二人の叔父は、その前に慌ただしく結婚させられている。相手の女性も否応《いやおう》なしに結びつかされた。叔母も、周囲が急《せ》きたてて結婚させられた。叔母の夫も出征した。敗戦。皆、ぼろぼろになって帰ってきた。

イ叔父と結婚した相手靖子《やすこ》は、男の子を二人年子《としご》で生んだけれど、ア叔父と叔母のところは生まれず、靖子が三人目の男の子を生んだとき、その子はア叔父の子にされた。さらに女の子が二人生まれ、下の女の子は叔母の子にされた。どちらも実子として出生届を出した。すべて、祖父の厳命であった。私の父も賛成したのだろう。おそらく私の母も。体の中で十ヵ月育てた嬰児《えいじ》を、生んで一月と経たぬうちに奪われる靖子とともに泣く者は、いなかったようだ。夫であり赤ん坊の父親であるイ叔父は、靖子を説得する側にまわった。親と絶縁してでも妻を守るという気持ちは持たなかった。結婚はまず、家柄の釣り合いとほどほどの年齢差を第一条件にした見合い。結婚を前提としない恋愛は厳禁。結婚の目的。子供をつくり家系を継続させる。子供を生めない妻は離婚されて当然。それが当時の常識であり倫理であった。

女性の人権、男女平等、敗戦の後、盛んにそう言われるようになったけれど、言葉は上滑りし、私の周囲では誰もその意味を理解していなかった。私たち子供は、義務ばかり細かく具体的に教えられてきた。権利を教える大人はいなかった。明治の初め、自由民権思想を激越な口調で謳った活動家植木枝盛《うえきえもり》は、人間はすべて平等なりと主張しながら、遊廓《ゆうかく》で女を買っていた。人間の中に女は含まれていなかった。……なかった、なかった、なかった、と否定語が続く。

やがて祖父は死ぬ。重石《おもし》のようであった祖父がいなくなったからといって、すでに為《な》されたことは変更できない。〈戦後民主主義〉が盛んに喧伝《けんでん》されても、父は一族の長であり、権威はますます強まった。母は父を利用した。子供の要求が母にとって好ましくなければ、お父様が駄目だと仰《おつしや》るから、というのを口実にした。戦争中〈天皇陛下の御爲《おんため》に〉

を口実とした軍部と似ていた。

元日、一族の長である父のもと——つまり我が家——に、父の弟妹がそれぞれの家族ともども挨拶《あいさつ》にくる慣わしは、戦後のいつ頃まで続いたのだったろう。ア叔父一家、叔母一家、イ叔父一家。そのとき、ア叔父とその妻がつれてくる息子、叔母とその夫が連れてくる娘の前で、靖子は、母の顔をつゆほども見せることはできないのだった。子供たちはトランプか何かで遊び始め、女子大に進学していた私は、年の離れたいとこたちの相手をする気にもならず、二階の自室にひきあげた。

空爆を受けなかった家は昔ながらの和風であり、私の部屋も襖《ふすま》で仕切っただけなので、誰でも無造作《むぞうさ》に入ってくる。プライヴァシーという言葉も観念も、私の周囲ではまだ根づいていなかったが、靖子は遠慮がちな声をかけ、はい、と私が応じてから、そっと襖を開けた。かくべつ用事があったわけではない。子供たちを見ているのが辛《つら》くなったのだろう。隠れて泣く場所は手水《ちょうず》ぐらいしかない。

穴に目をとめて、綺麗《きれい》ね、と靖子は言った。空き缶の外側に貼った縮緬《ちりめん》は色褪《いろあ》せ、綺麗とは言えない代物になり果てていた。

ウ叔父……記号では呼びたくないが、祖父が与えた名で固定したくもない。ただ〈叔父〉とのみ呼ぼう。あるいは〈萁の香り〉と呼ぼう。空き缶に縮緬を貼り付けたのは誰なのだろう。それを叔父にくれたのは誰なのだろう。縮緬の柄は、叔母が若いころよそゆきにしていた振り袖と同じだ。祖母が持っていた手箱には、裁ち落としの端布《はぎれ》が色とりどりにおさまっていた。祖父は厳しいが祖母はやさしく、端布を縫い合わせ小豆を詰めて幼い私にお手玉を作ってくれたのは祖母だった。でも、空き缶に端布を貼るところは見たことがない。なぜ、叔父がそんな物を持っていたのか、なぜ、「穴、欲しいか？」と幼い私に訊《き》いたのか、なぜ、私はうなずいたのか。現在《いま》とそのときの間の時間はあまりに膨大で、無限といってもよいほどで、何もわからない。

靖子が私の穴を見たあのときからも、七十数年経っている。霧で造形するように記憶はたよりない。

穴なのね。そうなのね。と靖子は言ったように思う。そうして、藤紫の袂《たもと》から林檎を取り出した。そうだ。私は思い出している。でもね、年賀の訪問に、袂に林檎はおかしくない？　たぶん、夢が記憶に侵入し、攪乱《かくらん》している。靖子の夢が私の夢に入り込み、溶け合ったのかもしれない。夜を中身にした林檎の蜜の部分の、不穏な甘みは強く思い出せるのだけれど。穴なのね。靖子が袂から取り出した林檎を白い手布で拭《ぬぐ》い、借りるわね、と筆立てから肥後守《ひごのかみ》を取り、四つ割りにした。夜ね。皮を剝かずに、靖子と私は食べた。林檎は夜であり、穴の深い底にも夜が溜まっていた。lunar rainbow と靖子は小さく言った。

月の光も虹《にじ》をつくる。人の目には白く淡い弧としか映らない。穴の底の夜に靖子と私が視《み》た虹も、吐息のように儚《はかな》く白かった。

物語のような華々しい波乱もハッピーエンドもなく、まわりの誰もが何かしら哀しみの石を秘《ひそ》かに抱き、時とともに老い、いなくなる。私は実家を出て、住まいも転々と移り、建てた自宅はやがて改築し、穴はなくした。

数日前、イ叔父の長男から葉書が届いた。イ叔父はとうに去っている。靖子の死を葉書は告げていた。享年九十七。私と七歳しか違わなかったのだと知った。

ポーチの長椅子に身をあずけ、夕闇に沈む池に目をやる。飛び散る真珠の粒に似るのは滝の飛沫《ひまつ》だ。その上に、子供の指が描いたような白い淡い虹がかかるのを、私は視た。

小説・歌詞

## 彩瀬まる（あやせ・まる）

1986年生まれ。2010年、「花に眩む」で「女による女のためのR-18文学賞」読者賞を受賞しデビュー。『やがて海へと届く』で野間文芸新人賞候補になる。著書に『骨を彩る』『神様のケーキを頰ばるまで』『朝が来るまでそばにいる』などがある。最新作は『川のほとりで羽化するぼくら』。

## 宮内悠介（みやうち・ゆうすけ）

1979年東京都生まれ。2010年「盤上の夜」で創元SF短編賞の最終候補となり、選考委員特別賞（山田正紀賞）を受賞。同作を表題とする『盤上の夜』で日本SF大賞を受賞。2014年『ヨハネスブルグの天使たち』で日本SF大賞特別賞を受賞。2013年（池田晶子記念）わたくし、つまりNobody賞、2017年『彼女がエスパーだったころ』で吉川英治文学新人賞、『カブールの園』で三島由紀夫賞を受賞。

## 最果タヒ（さいはて・たひ）

1986年生まれ。中原中也賞・現代詩花椿賞などを受賞。詩集に『グッドモーニング』『死んでしまう系のぼくらに』『夜空はいつでも最高密度の青色だ』『夜景座生まれ』などがある。アーティストへの歌詞提供も行う。

## 重松清（しげまつ・きよし）

1963年岡山県生まれ。早稲田大学教育学部卒業。出版社勤務を経て、執筆活動に入る。1991年『ビフォア・ラン』でデビュー。1999年『ナイフ』で坪田譲治文学賞、『エイジ』で山本周五郎賞、2001年『ビタミンF』で直木賞、2010年『十字架』で吉川英治文学賞、2014年『ゼツメツ少年』で毎日出版文化賞をそれぞれ受賞。

## 皆川博子（みながわ・ひろこ）

1930年旧朝鮮京城市生まれ。1973年に「アルカディアの夏」で小説現代新人賞を受賞しデビュー。『壁 旅芝居殺人事件』で日本推理作家協会賞を、『恋紅』で直木賞を、『薔薇忌』で柴田錬三郎賞を、『死の泉』で吉川英治文学賞を、『開かせていただき光栄です—DILATED TO MEET YOU—』で本格ミステリ大賞を受賞。2013年に日本ミステリー文学大賞を受賞し、2015年に文化功労者に選出される。

唄

## 伊藤沙莉（いとう・さいり）

千葉県出身。近年の主な出演作に映画『獣道』『寝ても覚めても』『ステップ』『タイトル、拒絶』、ドラマ「これは経費で落ちません！」「いいね！光源氏くん」「全裸監督」「モモウメ」など。『ボクたちはみんな大人になれなかった』が2021年11月5日に劇場公開、Netflixにて配信。

## 坂本真綾（さかもと・まあや）

東京都出身。1996年シングル「約束はいらない」でCDデビュー以降、精力的に作品を発表。2021年3月に25周年記念LIVE「約束はいらない」を横浜アリーナにて2日間開催。この模様を収録したBlu-ray＆DVDが好評発売中。

## 崎山蒼志（さきやま・そうし）

2002年静岡県浜松市生まれ。独自の言語表現が魅力のシンガーソングライター。2018年インターネット番組の出演をきっかけに世に知られることになる。2021年1月メジャーデビュー。2021年10月には水野良樹（いきものがかり）との共作楽曲「風来」を配信リリース。

## 柄本佑（えもと・たすく）

映画『美しい夏キリシマ』でデビュー。近年の主な出演作にドラマ「心の傷を癒すということ」「知らなくていいコト」「天国と地獄—サイコな2人—」、映画『きみの鳥はうたえる』『素敵なダイナマイトスキャンダル』『痛くない死に方』『先生、私の隣に座っていただけませんか?』等がある。

## 吉澤嘉代子（よしざわ・かよこ）

1990年6月4日生まれ。埼玉県川口鋳物工場街育ち。2014年デビュー。2021年3月17日に5thアルバム『赤星青星』をリリース。6月20日には日比谷野外音楽堂での単独公演を開催。9月29日に初のLive Blu-ray「吉澤嘉代子の日比谷野外音楽堂」をリリース。

---

Sound Produce & Arrange

## 横山裕章（よこやま・ひろあき）

音楽プロデューサー・作曲家・agehasprings。YUKI、JUJU、MISIA、木村カエラ、Aimerなど様々なアーティストへの楽曲提供・アレンジ、サウンドプロデュースを手掛ける。バンドマスターとしての活動やTV-CMや映画、アニメ等の音楽、コンテンポラリーダンス公演作品の音楽を担当するなどその活動は多岐に亘る。

## 江口亮（えぐち・りょう）

有限会社ファブリーク代表取締役。2003年Stereo Fabrication of Youthで東芝EMIよりデビュー。バンド活動と並行してアレンジャーとしても活動。2014年、la la larksでビクター／フライングドッグよりリリース。株式会社イブスタジオを経て、名古屋市内と自宅にスタジオを設立。2020年荻窪にスタジオを設立。現在はアレンジからプロデュース、ディレクター業、楽曲提供まで幅広く対応。

## 長谷川白紙（はせがわ・はくし）

1998年生まれ、音楽家。2016年頃よりSoundCloudなどで作品を公開し、2018年12月、10代最後にEP『草木萌動』でCDデビュー。2019年11月に1stアルバム『エアにに』、2020年5月、弾き語りカバー集『夢の骨が襲いかかる！』を発表。知的好奇心に深く作用するエクスペリメンタルな音楽性ながら、ポップ・ミュージックの肉感にも直結した衝撃的なそのサウンドは、新たな時代の幕開けを感じさせるものに。

## トオミヨウ（とおみ・よう）

1980年11月14日生まれ。幼少の頃習ったピアノをきっかけに音楽を作り始める。プロデューサー・アレンジャー・ライブサポートとして、玉置浩二、槇原敬之、秦基博、石崎ひゅーいなどさまざまなアーティストを手がける。

## 世武裕子（せぶ・ひろこ）

映画音楽作曲家。近年手がけた主な映画に『Pure Japanese』（松永大司監督／22）『空白』（吉田恵輔監督／21）『Arc アーク』（石川慶監督／21）『星の子』（大森立嗣監督／20）などがある。また、編曲家・演奏家としてもFINAL FANTASY Ⅶ REMAKE、Mr.Children、森山直太朗などさまざまな作品やアーティストを手がける。

作曲・Project Produce

水野良樹（HIROBA）（みずの・よしき）

1982年生まれ。神奈川県出身。2006年いきものがかりのメンバーとしてメジャーデビュー。代表作に「ありがとう」「YELL」「じょいふる」「風が吹いている」など。国内外問わず多数のアーティストに楽曲提供。2019年に実験的プロジェクト「HIROBA」を始動。

Mastered by 阿部充泰（Sony Music Studios Tokyo）
Mastering Studio at Sony Music Studios Tokyo

Artist Management 若林潤（MOAI）、當間勇矢（MOAI）、的場有紀（MOAI）
Project Management 坂田景子（HIROBA）
Director 杉本陽里子（ondo）
Assistant Director 村上由貴（ondo）

---

Book Design 大島依提亜

OTOGIBANASHI《おとぎばなし》

二〇二一年十月二十六日　第一刷発行

発行者　鈴木章一
発行所　株式会社講談社
東京都文京区音羽二-一二-二一
郵便番号　一一二-八〇〇一
電話　出版　〇三-五三九五-三五〇六
販売　〇三-五三九五-五八一七
業務　〇三-五三九五-三六一五

本文データ制作　講談社デジタル製作
付物印刷所　凸版印刷株式会社
印刷所　豊国印刷株式会社
製本所　大口製本印刷株式会社

定価は外貼りシールに表示してあります。

ISBN 978-4-06-525783-8　N.D.C.913　79p 19cm